Nick Buoniconti, apoyador

LA HISTORIA DE LOS NEW ENGLAND PATRIOTS

Deatrich Wise Jr., liniero defensivo

LA NFL HOY EN DÍA

LA HISTORIA DE LOS

NEW ENGLAND PATRIOTS

JIM WHITING

Rob Gronkowski, ala cerrada

CREATIVE EDUCATION / CREATIVE PAPERBACKS

Publicado por Creative Education y Creative Paperbacks
P.O. Box 227, Mankato, Minnesota 56002
Creative Education y Creative Paperbacks son marcas editoriales de The Creative Company
www.thecreativecompany.us

Dirección de arte por Tom Morgan (www.bluedes.com)
Art direction by Rita Marshall

Fotografías por AP (Associated Press, Kathy Willens), Getty (Al Tielemans/Sports Illustrated, Barry Chin/The Boston Globe, Billie Weiss, Damian Strohmeyer/Sports Illustrated, David Drapkin, Dominic Chavez/The Boston Globe, Donald Miralle, Fred Kfoury III/Icon Sportswire, Herb Scharfman/Sports Imagery, Jared Wickerham, Jeff Haynes/AFP, Joe Traver, Jon Soohoo, Nick Cammett/Diamond Images, Nick Grace, Nick Laham, Otto Greule Jr, Rick Stewart, Scott Cunningham, Scott Halleran, Timothy A. Clary/AFP, Tony Tomsic, Walter Iooss Jr./Sports Illustrated), Newscom (Abaca Press/Hahn Lionel/Abaca/Sipa USA), NFL (Lou Witt)

Library of Congress Cataloging-in-Publication Data
Names: Whiting, Jim, 1943- author.
Title: La historia de los New England Patriots / by Jim Whiting.
Other titles: Story of the New England Patriots. Spanish
Description: Mankato, Minnesota : Creative Education and Creative Paperbacks, 2025. | Series: Creative sports. La NFL hoy en día | Includes index. | Audience: Ages 8-12 | Audience: Grades 4-6 | Summary: "Translated into North American Spanish, middle grade football fans are introduced to the extraordinary history of the NFL's New England Patriots with a photo-laden narrative of their greatest successes and losses"-- Provided by publisher.
Identifiers: LCCN 2023044094 (print) | LCCN 2023044095 (ebook) | ISBN 9798889891550 (library binding) | ISBN 9781682775486 (paperback) | ISBN 9798889891635 (ebook)
Subjects: LCSH: New England Patriots (Football team)--History--Juvenile literature.
Classification: LCC GV956.N36 W4518 2025 (print) | LCC GV956.N36 (ebook) | DDC 796.332/640974461--dc23/eng/20230922
LC record available at https://lccn.loc.gov/2023044094
LC ebook record available at https://lccn.loc.gov/2023044095

Impreso en China

Julian Edelman, receptor

Riddell
95

GEICO
BRADY
12

4

Riddell

CONTENIDO

LOS GRANDES DEL FÚTBOL AMERICANO

EL PRIMERO DE MUCHOS

Los aficionados de los New England Patriots no tenían muchas esperanzas en la temporada 2001 de la National Football League (NFL). El equipo ganó solo cinco juegos en 2000. Esa fue la primera temporada de Bill Belichick como entrenador principal. Algunos aficionados querían que fuera su última.

Los Patriots perdieron el primer juego de la temporada 2001. Hacia el final del segundo partido, el mariscal de campo Drew Bledsoe, titular desde hacía mucho tiempo, se lesionó de gravedad. Tom Brady lo sustituyó. Como novato la temporada anterior, Brady ocupó el cuarto lugar en la lista de jugadores. Estuvo a la altura de la ocasión. Llevó a los Patriots a un récord de 11–5. Ganaron la División Este de la American Football Conference (AFC).

New England se enfrentó a los Oakland Raiders en la ronda de división de las eliminatorias. El partido se jugó bajo una fuerte nevada. Oakland mantuvo una ventaja de 13-10. Brady pareció soltar el balón cuando intentaba hacer un pase. Oakland se recuperó cuando quedaba 1:47 minutos. Los árbitros lo anularon. Los Patriots conservaron el balón. Poco tiempo después, Adam Vinatieri pateó un gol de campo de 45 yardas que apenas y libró el larguero. Debido a

Adam Vinatieri, pateador

TOM BRADY
MARISCAL DE CAMPO
TEMPORADAS DE LOS PATRIOTS: 2000–19
ALTURA: 6 PIES Y 4 PULGADAS (1,93 M)
PESO: 225 LIBRAS (102 KG)

GRAND THEFT BRADY

Tom Brady comenzó su carrera en la Universidad de Michigan. Estaba en el séptimo lugar en la lista de mariscales de campo. Finalmente, en su tercer año universitario, se convirtió en el iniciador. Fijó varios récords de equipo. Pero los equipos de la NFL no le prestaban atención. Él fue uno de los mariscales de campo más lentos en el Draft Combine de la NFL 2000. A los Patriots les gustaban su pensamiento rápido y sus habilidades de liderazgo. Pero ya tenían tres mariscales de campo. Finalmente, lo eligieron a él en la sexta ronda. El establecería muchos récords dentro de la NFL. A Brady a veces se le conoce como la mayor ganga en la historia del Draft de la NFL. Muchos también lo llaman el GOAT de la NFL. Es un acrónimo de "Greatest of All Time" (el más grande de todos los tiempos).

Tom Brady, mariscal de campo

las condiciones, esta patada es considerada como una de las más grandes en la historia de la NFL. El partido se fue a tiempo extra. Vinatieri pateó un gol de campo de 23 yardas, dándoles a los Patriots la victoria por 16–13.

En el tercer cuarto del partido de Campeonato de la AFC contra los Pittsburgh Steelers, New England logró una ventaja de 21–3. Los Steelers anotaron dos veces para acortar la diferencia de puntos a 21–17. A principios del cuarto cuarto, Vinatieri pateó un gol de campo de 44 yardas. New England interceptó dos pases a finales del partido para conservar la victoria por 24–17.

Eso metió a New England en el Super Bowl XXXVI (36). Se enfrentaron a los St. Louis Rams. Los Rams eran grandes favoritos. Lograron 14–2 durante la temporada. Una derrota fue por tres puntos. La otra fue por un touchdown.

Los Rams tomaron la delantera por 3–0 en el primer cuarto con un gol de campo de 50 yardas. En el segundo cuarto, el esquinero de New England, Ty Law, interceptó un pase. Recorrió 47 yardas para un touchdown. Cuando quedaban menos de dos minutos de ese cuarto, Brady empezó una serie de jugadas. Esta culminó en un pase de touchdown de ocho yardas al receptor David Patten. Para sorpresa de la mayoría, los Patriots lideraban por 14–3 en la primera mitad.

A finales del tercer cuarto, el esquinero Otis Smith hizo una intercepción. Eso preparó un gol de campo de 37 yardas. Ahora New England lideraba por 17–3. A

principios del cuarto cuarto, St. Louis avanzó hacia la línea de tres yardas de los Patriots. El mariscal de campo Kurt Warner corrió hacia la banda lateral. El apoyador Roman Phifer lo derribó. Warner perdió el balón. El profundo Tebucky Jones lo atrapó. Corrió 97 yardas para un touchdown. Eso congelaría el partido. Una infracción lo anuló. Con una nueva oportunidad, Warner anotó en una embestida de dos yardas. Luego, cuando quedaba 1:30 min, lanzó un pase de touchdown de 26 yardas. El marcador estaba empatado, 17-17.

Los Patriots ya no tenían tiempos afueras. John Madden, renombrado comentarista de TV, dijo que los Patriots deberían agotar el tiempo y jugar para ganar en el tiempo extra. Belichick decidió otra cosa. Él tenía fe en Brady. Brady llevó al equipo campo abajo. Completó varios pases. Todas las veces, los receptores sobrepasaban los límites para detener el reloj. El último pase de Brady fue para el ala cerrada Jermaine Wiggins. Este pase colocó el balón en la línea 30 de los Rams. Brady aventó el balón contra el suelo para detener el reloj. Solo quedaban siete segundos. El gol de campo de 48 yardas de Vinatieri fue bueno. New England ganó por 20–17. ¡Fue su primera victoria en un Super Bowl!

EL EQUIPO QUE CASI NO LLEGA A EXISTIR

Cuando se fundó el equipo, nadie pudo haber previsto cuán buenos se volverían los Patriots. De hecho, podrían haberse llamado "El equipo que casi no llega a existir". Billy Sullivan, hombre de negocios de Boston, quería ser propietario de un equipo de fútbol. La NFL lo rechazó.

Jim Nance, corredor de poder

Los Patriots de 1964

En 1959, él solicitó unirse a la nueva American Football League (AFL). Era rival de la NFL. Sullivan tenía poco dinero y ningún estadio local. Lo que sí tenía era un don para convencer a otros. Además, la AFL necesitaba un octavo equipo. El equipo necesitaba un nombre. Boston había tenido un papel clave en la época de la Guerra Revolucionaria estadounidense. Los Boston "Patriots" parecía perfecto. Se les suele llamar los "Pats". Más de 350 jugadores hicieron pruebas para formar parte del primer equipo. Uno de ellos fue Gino Cappelletti. Pronto, se convirtió en uno de los jugadores más populares y exitosos del equipo.

Los Patriots jugaban partidos locales en varios lugares. Estos incluían el Boston University Field, el Boston College Alumni Field, el Harvard Stadium y el Boston Red Sox's Fenway Park. Incluso jugaron un "partido local" en Birmingham, Alabama. En 1960, los Patriots terminaron con un récord de 5–9. Mejoraron a 9–4–1 en cada una de las siguientes dos temporadas. Luego, cayeron a 7–6–1 en 1963. Con ese récord consiguieron su primera aparición en la postemporada. Los San Diego Chargers los vencieron por 51–10,en el partido del Campeonato de la AFL.

En 1964, Boston terminó con 10 victorias. Sin embargo, no llegaron a las eliminatorias. El resto de la década tuvieron resultados deslucidos. Aun así, jugadores como el demoledor corredor de poder Jim Nance mantenían las cosas emocionantes.

En 1970, la AFL se fusionó con la NFL. Los Patriots aún no tenían un estadio local permanente. La NFL quería que tuvieran uno. Varias propuestas en Boston

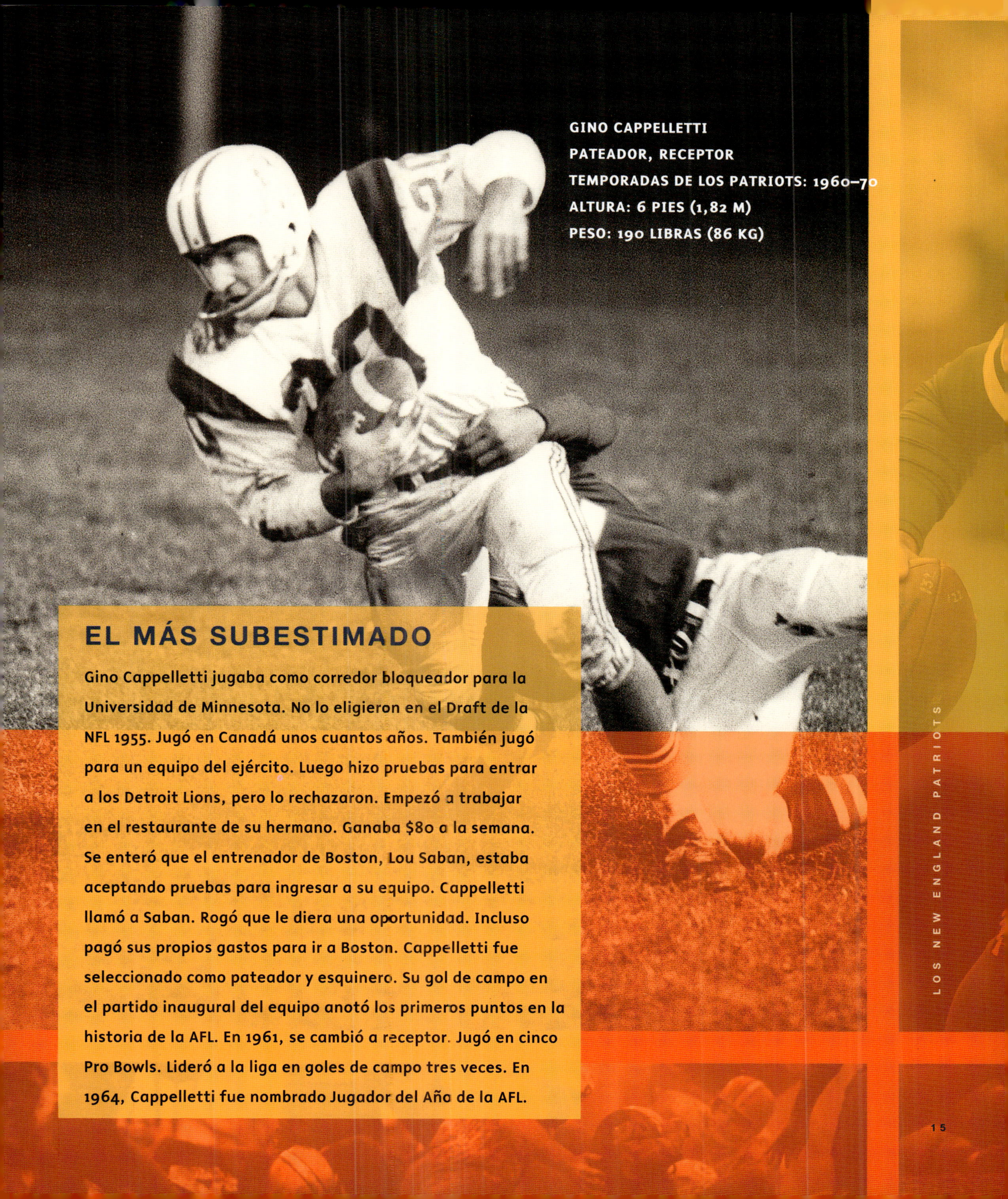

GINO CAPPELLETTI
PATEADOR, RECEPTOR
TEMPORADAS DE LOS PATRIOTS: 1960–70
ALTURA: 6 PIES (1,82 M)
PESO: 190 LIBRAS (86 KG)

EL MÁS SUBESTIMADO

Gino Cappelletti jugaba como corredor bloqueador para la Universidad de Minnesota. No lo eligieron en el Draft de la NFL 1955. Jugó en Canadá unos cuantos años. También jugó para un equipo del ejército. Luego hizo pruebas para entrar a los Detroit Lions, pero lo rechazaron. Empezó a trabajar en el restaurante de su hermano. Ganaba $80 a la semana. Se enteró que el entrenador de Boston, Lou Saban, estaba aceptando pruebas para ingresar a su equipo. Cappelletti llamó a Saban. Rogó que le diera una oportunidad. Incluso pagó sus propios gastos para ir a Boston. Cappelletti fue seleccionado como pateador y esquinero. Su gol de campo en el partido inaugural del equipo anotó los primeros puntos en la historia de la AFL. En 1961, se cambió a receptor. Jugó en cinco Pro Bowls. Lideró a la liga en goles de campo tres veces. En 1964, Cappelletti fue nombrado Jugador del Año de la AFL.

JOHN HANNAH
GUARDIA
TEMPORADAS DE LOS PATRIOTS: 1973–85
ALTURA: 6 PIES Y 2 PULGADAS (1,88 M)
PESO: 265 LIBRAS (120 KG)

PRACTICA DURO, JUEGA DURO

John "Hog" Hannah fue uno de los mejores linieros ofensivos en la historia de la NFL. Hannah parecía subestimarse. "No soy un atleta natural", confesó. "No puedo simplemente salir y hacerlo [...] si no practico bien, no juego bien". Hannah era conocido por practicar a toda máquina todo el tiempo. En los partidos, salía explosivo de la línea de golpeo. Sus bloqueos eran feroces. "Se encargaba de bloquear a un apoyador en determinada jugada y, antes de que te dieras cuenta, el apoyador estaba en el suelo, mientras que, sin aminorar la marcha, John se adelantaba y eliminaba a un esquinero", comentó el mariscal de campo, Steve Grogan.

fallaron. Finalmente, un plan para construir en la cercana Foxborough tuvo éxito. El equipo recibió el nuevo nombre de los New England Patriots. El cambio de escenario no ayudó. Los Patriots siguieron perdiendo.

En 1976, el equipo finalmente encontró el éxito. Ganaron 11 partidos. Entre los jugadores clave estaban el mariscal de campo de segundo año Steve Grogan, el liniero ofensivo John "Hog" Hannah, el ala cerrada Russ Francis y el feroz corredor de poder Sam "Bam" Cunningham. El esquinero Mike Haynes fue el Novato Defensivo del Año de la NFL. Los Patriots ganaron su primer lugar en la postemporada, en 13 años. "El equipo del '76 fue el mejor equipo en el que jugué en mi vida", confesó Hannah. El talentoso club de los Patriots se enfrentó a los Raiders en la ronda de división de las eliminatorias. Durante la temporada, New England le había dado a Oakland su única derrota. El partido se volvió célebre. A través de los directivos, los aficionados tomaron muchas decisiones cuestionables. Cuando quedaban 10 segundos, Oakland anotó un touchdown. Los Raiders ganaron por 24–21.

HACIENDO GRANDES CAMBIOS

En 1977, New England logró 9–5. No llegaron a las eliminatorias. El receptor novato Stanley Morgan mostró destellos de su inmenso talento. New England regresó con fuerza en 1978. Disfrutaron de un récord de 11–5. Pero los Houston Oilers les dieron una paliza en la ronda divisional por 31–14. Durante los próximos seis años, los Patriots tuvieron solo una aparición en eliminatorias.

En 1985, New England empezó con 2–3. pero, se recuperaron y terminaron con 11–5. En las eliminatorias, los Patriots ganaron tres partidos no locales. Se dirigieron a su primer Super Bowl. Pero los Chicago Bears los aplastaron por 46–10.

En 1986, New England logró un 11–5 otra vez. En la postemporada, los Patriots perdieron ante los Denver Broncos en la ronda de división. Después de eso, el equipo no llegó a las eliminatorias durante siete años consecutivos. Lo peor llegó en 1990. Los Patriots lograron solo una victoria. A pesar del pésimo récord, las entradas para su último partido local se agotaron. Se enfrentaban a los New York Giants. Los aficionados de los Giants llenaron el estadio. Los partidos locales en Nueva York siempre eran un éxito en taquilla. Miles de neoyorquinos se desplazaron en muchedumbre hacia el norte, a Massachusetts. Era fácil conseguir boletos.

Dos años más tarde, ganaron solo dos partidos. Los Patriots tuvieron que hacer grandes cambios. Primero, contrataron a Bill Parcells como entrenador principal. Él había ganado dos Super Bowls con los Giants. Después, los Patriots se enfocaron en la posición de mariscal de campo. New England eligió a Drew Bledsoe en la primera selección general del Draft de la NFL 1993. En 1994, Bledsoe llevó a New England a su primera aparición en eliminatorias desde 1986, con un récord de 10–6. Él fijó un récord dentro de la NFL por intentos de pase, con 691. Los Patriots se enfrentaron a los Cleveland Browns en la ronda de comodines. Bledsoe lanzó tres intercepciones. New England perdió por 20–13.

En 1996, los Patriots lograron 11–5. Acabaron con los Steelers por 28–3 en un partido brumoso de la ronda divisional de las eliminatorias. Después, despacharon a los Jacksonville Jaguars en el partido del Campeonato de la AFC. En el Super Bowl XXXI (31), se enfrentaron a los Green Bay Packers. Para el medio tiempo, los Patriots iban rezagados por 27–14. No pudieron recuperarse. Los Packers ganaron por 35–21.

Después de esta derrota, Parcells dejó el equipo. Su sucesor fue Pete Carroll. Él llevó a los Patriots a las eliminatorias en su primera temporada, con un récord de 10–6. Ellos derrotaron a los Miami Dolphins en la ronda de comodines por 17–3. Entonces, sufrieron una dura derrota frente a los Steelers por 7–6 en la ronda divisional. Regresaron a las eliminatorias en 1998. Pero los Jaguars los vencieron en

John Hannah, guardia

STANLEY MORGAN
RECEPTOR
TEMPORADAS DE LOS PATRIOTS: 1977–89
ALTURA: 5 PIES Y 11 PULGADAS (1,80 M)
PESO: 181 LIBRAS (82 KG)

¿PLANO STANLEY? ¡PARA NADA!

Como escribió un reportero, Stanley Morgan era un "touchdown esperando suceder". Logró en promedio 19,2 yardas por recepción en una época en la que a los esquineros se les permitía golpear a los receptores todo el camino campo abajo. Una vez que atrapaba el balón, Morgan era una bala acelerada. A menudo, desaparecía antes de que los defensores pudieran ponerle una mano encima. "Recuerdo a Stanley yendo hasta el fondo en esas carreras sin que nadie pudiera atraparlo", comentó el apoyador de los Patriots Andre Tippett. "Siempre que lo veías abrirse así, sabías que era un touchdown". Sus 10 352 yardas de recepción son la mayor cantidad en la historia del equipo.

la ronda de comodines. New England empezó la temporada 1999 con seis victorias en sus primeros ocho partidos. No pudieron mantener el impulso. Terminaron con solo 8–8. No llegaron a las eliminatorias. El propietario Robert Kraft despidió a Carroll. Una vez más, era el momento de un cambio.

COMIENZA LA ERA DE BELICHICK Y BRADY

Los Patriots hicieron dos movidas brillantes en 2000. Una fue contratar a Bill Belichick como entrenador principal. La otra fue reclutar al mariscal de campo Tom Brady. Lo brillante de ello no fue evidente de inmediato. Muchos aficionados pensaban que contratar a Belichick había sido un error. Él había acumulado un récord de derrotas durante su período de cinco años como entrenador de los Cleveland Browns. La marca 5–11 de New England en la primera temporada parecía darles la razón a quienes dudaban. En cuanto a Brady, pocos le prestaban atención. Solo lanzó tres pases esa temporada. Uno fue completo. Cubrió seis yardas.

Belichick tenía un plan. Él quería armar un grupo de jugadores cuya prioridad fuera el equipo. Juntos, lograrían más que estrellas individuales. Este plan empezó a consolidarse en 2001. Brady entró cuando Bledsoe se lesionó. Brady llevó al equipo a su primer victoria en un Super Bowl. “No puedes vencer a un equipo como los Rams con jugadores individuales”, afirmó el profundo de los Patriots Lawyer Milloy. “Se necesita un equipo. Eso es lo que vieron hoy”.

Los Patriots cayeron a 9–7 en 2002. No llegaron a las eliminatorias. En 2003, ganaron 14 partidos. Lograron llegar a las eliminatorias. Se enfrentaron a los Carolina Panthers en el Super Bowl XXXVIII (38). En el cuarto cuarto, la puntuación

fue un empate de 29–29. Cuando quedaban cuatro segundos, Adam Vinatieri pateó un gol de campo de 41 yardas. New England ganó por 32–29.

Al año siguiente, los Patriots comenzaron la temporada 2004 con seis victorias seguidas. Habían ganado los 15 partidos finales la temporada anterior. La racha combinada de 21 partidos ganados es un récord dentro de la NFL. New England terminó 14–2. En Super Bowl XXXIX (39), se enfrentaron a los Philadelphia Eagles. La defensa de los Patriots detuvo una embestida tardía de los Eagles. New England ganó su tercer Super Bowl en cuatro años por 24–21.

Los Patriots tuvieron años buenos en 2005 y 2006. Pero perdieron en las eliminatorias. La derrota en el partido del Campeonato de la AFC 2006 fue especialmente dolorosa. En el primer tiempo contra Indianapolis, New England logró una ventaja tardía de 21–3. Los Colts se recuperaron. Ganaron por 38–34.

Luego, en 2007, New England se acercó a la inmortalidad en el fútbol. En 1972, los Dolphins habían sido el único equipo en no tener ni una derrota durante la temporada regular, ni en las eliminatorias. Su récord fue de 17–0. New England logró un 16–0 perfecto en la temporada regular. Los Patriots anotaron 589 puntos. Fue un récord en la NFL. Vencieron a Jacksonville y a los San Diego Chargers en las eliminatorias.

Los muy favorecidos Patriots se enfrentaron a los Giants en el Super Bowl XLII (42). Cuando quedaba alrededor de un minuto, New England iba ganando por 14–10. Estaban listos para convertirse en el primer equipo con 19–0 de la NFL. Entonces, el receptor de los Giants, David Tyree, hizo la "helmet catch" (atrapada con el casco). Él apretó el balón contra su casco mientras lo tacleaban. Con esto los Giants lograron un touchdown, cuando quedaban 35 segundos. New York ganó por 17–14. Belichick dijo, "Desearía que hubiéramos hecho una cosa un poco mejor y que pudiera haber cambiado el resultado. Pero no la hicimos".

En 2008, Brady se lesionó la rodilla en el primer partido. No pudo jugar el resto del año. Las esperanzas de New England de un campeonato se fueron con él. Brady regresó en

Richard Seymour, ala defensiva

2009. Los Pats avanzaron hacia la postemporada. Pero los Baltimore Ravens se deslizaron hacia un triunfo de 33–14 en la ronda de comodines. El año siguiente, Brady lanzó 36 pases de touchdown. Uno de sus objetivos favoritos era el enorme novato ala cerrada Rob Gronkowski. Los Patriots lideraron la AFC. Pero los New York Jets los eliminaron en la ronda de división de las eliminatorias.

ADIÓS, BRADY

En 2011, New England logró 13–3. Gronkowski ayudó a conseguir el récord ganador. Desafortunadamente, sufrió un grave esguince del tobillo en el partido del Campeonato de la AFC. Esto lo hizo cojear en el Super Bowl XLVI (46). Solo atrapó dos pases. The Giants derrotaron a los Patriots. New York logró una victoria de 21–17.

Las siguientes dos temporadas, los Patriots sumaron marcas de 12–4 . Las dos veces perdieron en el partido de campeonato de la conferencia. En 2014, ellos terminaron 12–4 nuevamente. Esta vez, avanzaron hacia el Super Bowl XLIX (49). Se enfrentaron a los Seattle Seahawks. En el cuarto cuarto, los Patriots iban perdiendo 24–14. Entonces, anotaron dos veces y se pusieron adelante. Los Seahawks volaron campo abajo. Tenían el balón en la línea de una yarda. Quedaban solo 26 segundos. Los Seahawks hicieron una jugada de pase. El esquinero novato Malcolm Butler se convirtió al instante en un héroe en New England. Irrumpió delante del receptor a quien iba dirigido el pase. Interceptó el balón. Los Patriots ganaron.

En 2015, New England logró su cuarta temporada consecutiva con 12–4. En el partido del Campeonato de la AFC, New England se enfrentó a los Denver Broncos. New England tenía una de las mejores ofensivas de la NFL. Denver presumía tener la mejor defensa de

Bill Belichick, entrenador principal

ROB GRONKOWSKI
ALA CERRADA
TEMPORADAS DE LOS PATRIOTS: 2010–18
ALTURA: 6 PIES Y 6 PULGADAS (1,98 M)
PESO: 265 LIBRAS (120 KG)

MONSTRUO APLASTANTE

Rob Gronkowski era uno de los especímenes más imponentes físicamente en jugar como ala cerrada. Drew Bledsoe, ex mariscal de campo de los Patriots, resumió así los problemas de enfrentamiento que Gronkowski creaba. “Es más o menos como tener a [la estrella del básquetbol] LeBron James jugando como ala cerrada para ti”, dijo él. “Él es demasiado grande para los tipos lentos y demasiado rápido para los tipos pequeños”. En 2011, atrapó 17 pases de touchdown y tuvo 1.327 yardas como receptor. Ambos fueron récords en ese momento para un ala cerrada. Con el tiempo, fue nombrado Primer Equipo All-Pro cuatro veces. Desafortunadamente, su estilo físico para jugar le provocó numerosas lesiones. Solo jugó un calendario completo de 16 partidos, dos veces. Sin embargo, en 2019, Gronkowski fue uno de los cinco alas cerradas nombrados para formar el Equipo All-Time en el 100° Aniversario de la NFL.

Malcolm Butler, esquinero

la liga. Hacia el cuarto cuarto, Denver tomó la delantera con 20–12. Los Patriots anotaron un touchdown cuando faltaban 18 segundos y acortaron la diferencia de puntos a 20–18. Pero el intento de pase por parte de Brady con intención de lograr el empate con una conversión de dos puntos fue interceptado.

New England atrapó su quinto campeonato de Super Bowl en 2016. Los Patriots vencieron a los Atlanta Falcons en tiempo extra. El año siguiente, los Patriots hicieron su octava aparición en Super Bowl en 17 años. Todo les favorecía para derrotar a los Philadelphia Eagles. Los equipos sumaron 1.151 yardas. Fue el total más alto en un partido en la historia de la NFL. Brady lanzó un récord en postemporada de 505 yardas. Pero los Eagles ganaron, 41–33.

En 2018, New England estaba de regreso en el Super Bowl por tercera temporada consecutiva. Jugaron contra Los Angeles Rams. Cada equipo pudo reunir un solo gol de campo durante tres cuartos. Cuando quedaban siete minutos, el corredor de los Patriots, Sony Michel, se abrió paso hacia la zona de anotación desde una distancia de dos yardas. Stephen Gostkowski pateó un gol de campo cuando quedaba 1:12 minutos. Los Patriots ganaron por 13–3. Es el Super Bowl con el menor puntaje en la historia de la NFL. La siguiente temporada, New England logró 12–4. Pero perdieron ante los Tennessee Titans en la ronda de comodines por 20–13.

UN REGRESO PARA LA POSTERIDAD

En el primer cuarto no hubo puntos. En el segundo cuarto, los Falcons anotaron tres touchdowns. En el medio tiempo, Atlanta iba adelante por 21–3. Atlanta anotó otro touchdown en el tercer cuarto. Muchos pensaron que el partido ya había terminado. La recuperación más grande en la historia del Super Bowl habían sido 10 puntos. Los Patriots iban abajo por 25 puntos. Dos touchdowns y un gol de campo por parte de New England cambiaron el marcador a 28–20 en el cuarto cuarto. Cuando quedaban tres minutos, New England tenía el balón en su propia línea de nueve yardas. Tom Brady dirigió a los Patriots campo abajo. Cuando quedaban 57 segundos, el corredor James White anotó un touchdown. Eso acortó la diferencia de puntos a 28–26. Brady lanzó un pase para lograr la conversión de dos puntos. El partido estaba empatado. Se fue a tiempo extra. New England tomó la patada inicial y fácilmente se desplazó campo abajo para anotar. Los Patriots ganaron por 34–28.

SUPER BOWL LI
LOS NEW ENGLAND PATRIOTS
VS. LOS ATLANTA FALCONS
5 DE FEBRERO DE 2017

PATRIOTS
9

Rhamondre Stevenson, corredor

Antes de la temporada 2020, sucedió lo impensable. Brady dejó a New England. Se unió a los Tampa Bay Buccaneers. Los Patriots decayeron a 7–9. Era su primera temporada de derrotas desde el 2000. Brady llevó a los Tampa Bay Buccaneers a ganar el Super Bowl LV (55). En 2021, los Patriots ganaron 10 partidos. Los Buffalo Bills los aplastaron en la ronda de comodines por 47–17. Fue la peor pérdida de Belichick en postemporada. En 2022, New England regresó a una marca de 8–9. Los Patriots comenzaron la temporada 2023 con una marca de 1-5, su peor inicio desde 1995. Las cosas empeoraron aún más. Terminaron 4-13. Fue la peor temporada de Belichick. Su 24. temporada como entrenador en jefe de los Patriots sería la última con el equipo. Su período como entrenador de los Patriots es uno de los mejores de la historia de la NFL. Bajo su liderazgo, los Patriots llegaron a nueve Super Bowls, y ganaron seis de ellos. Ganaron un récord de la NFL de 11 campeonatos de división consecutivos. Belichick es uno de los tres entrenadores en jefe en la historia de la NFL con 300 victorias en su carrera.

Los New England Patriots empezaron lento. Pero desde los inicios del siglo XXI, los Pats han ido sumando un récord impresionante en temporadas regulares. Además, han logrado seis victorias en Super Bowls. Combinando un entrenamiento astuto, un equipo muy unido durante el juego y su tenacidad característica, los Patriots parecen estar listos para cumplir sus sueños de Super Bowl una vez más.

Matthew Judon, apoyador

ÍNDICE